陳福成二〇二一年短詩集

— 躲進蓮藕孔洞內乘涼

陳 福 成 著

文 學 叢 刊

文史哲出版社印行

國家圖書館出版品預行編目資料

陳福成二〇二一年短詩集：躲進蓮藕孔洞內乘涼
/ 陳福成著.-- 初版 -- 臺北市：文史哲出
版社,民 110.11
頁； 公分--（文學叢刊；450）
ISBN 978-986-314-580-6（平裝）

863.51 110021271

文學叢刊 450

陳福成二〇二一年短詩集

— 躲進蓮藕孔洞內乘涼

編　者：陳　福　成
出版者：文　史　哲　出　版　社
http:// www.lapen.com.tw
e-mail：lapen@ms74.hinet.net
登記證字號：行政院新聞局版臺業字五三三七號
發行人：彭　正　雄
發行所：文　史　哲　出　版　社
印刷者：文　史　哲　出　版　社
臺北市羅斯福路一段七十二巷四號
郵政劃撥帳號：一六一八〇一七五
電話886-2-23511028・傳真886-2-23965656

定價新臺幣三八〇元

二〇二一年（民一一〇年）十二月初版

ISBN 978-986-314-580-6 10450

自序：二〇二一年島嶼記事

今年是詭異的一年
不怕妖、不怕鬼
就怕人
老遠看到一個人走來
像一個巨大的毒物
快閃一邊

這世界突然變了
變成有毒的世界
空氣中到處有毒
無聲無息
無色無味
就佈滿了地球

到處都在
忙死人

島嶼也受毒害
外毒又變種
加入島嶼之胎毒
又進化成
妖女病毒和魔男病毒

兩種病毒都採用
意識形態防疫法
各國皆防疫
島嶼之妖魔領導們
全力防疫苗

大家要撐住
現在不能死
現在死不能開追悼會

不能見老友最後一面
太寂寞了
又規定兩日火化
沒情理
再急
不能急死人

大家要撐住
現在絕不能死
至少二〇二一年不能死
死亡的事以後再說
這可是二〇二一年
重要記事

台北公館蟾蜍山　萬盛草堂主人　陳福成
誌于佛曆二五六四年　西元二〇二一年十月

陳福成二〇二一年短詩集
——躲進蓮藕孔洞內乘涼

目 次

附件

第一輯　我躲進蓮藕孔洞內乘涼

國立臺灣大學

躲進蓮藕孔洞內乘涼

太黑、太亂
島嶼沈淪了
只好躲進蓮藕孔洞內乘涼
裡面涼快無比
又清香
我乾脆把文房四寶
還有萬冊藏書
生活所需等
搬入洞內
在裡面生活寫作
賞花看月
快樂似神仙

躲避無常

每日與無常同居
很恐怖
人會受不了
想不開
就會跳太平洋
得找個地方躲起來
蓮藕孔洞內
清淨又隱密
躲進去
得到清淨的心
寫些乾淨的詩

在蓮藕孔洞內煮

洗完澡、梳好鬍子
端一杯
蓮藕咖啡
品讀
我的新世界
藕孔如宇宙

清風徐來
有蓮的清香
翻開一頁書
我思索
把創意煮沸
再讓思想長出翅膀

反思

住在蓮藕孔洞內
讓人身心靈
清淨多了
一面鏡子反思自己
都是前世不修
這輩子
得面臨一個末世
積累的
愛欲情仇
貪瞋痴慢疑何其多
如今外面的世界都放下
只保留這蓮藕之家

蓮花的裙子

坐在蓮藕孔的門口
吃一碗蓮子湯
甜甜蜜蜜
目前人生就是
這一味
旁邊清雅的蓮花仙子
穿一件短裙
微風對她吹口哨
笑著說
妳的裙子越來越短
表示經濟環境好

在蓮藕孔洞內散步

我保持早晚散步的好習慣
進住蓮藕之家也是
孔洞內
風光無限
一孔一世界
一洞一如來
走著走著
一段自己的遠古時光
隨清風飄來
是自己走過三世的足跡
在腳步聲傳到耳際時
瞬間又成為過去

蓮夢

昨夜有夢
夢見蓮
蓮也夢見我
我們牽手在蓮池畔
賞蓮花
情境多麼清醒

醒來時
夢境仍在
這夢如蓮之真實
想來今晚早睡
再牽蓮的手
賞花看月

在藕孔看世界

坐在藕孔窗口望出
依然不變的五濁
我只看蓮花
從蓮花中看到天堂
通往佛國淨土
細雨飄飄
與花葉
在湖面上
共構一幅清淨的夢
這是我現在從藕居
所見
最喜歡的紅塵

外面傳來的風聲

躲進了蓮藕孔洞
享受清淨
但你不能使
風不吹、雨不下
外面的風聲傳來
島嶼仍在沈淪
妖女領導仍在偽官府內
私通西方妖獸
而人妖魔男
仍在散播毒素
風聲激起水面漣漪
不久也一一消逝

捕捉風聲雨聲

在蓮藕孔洞內
構建一座
孤的，花園新城
有如宇宙虛空的世界
就住在裡面
織夢、創作、種田
外面的風聲雨聲傳進來
我逐一篩選捕捉
補充創作的情節
或轉化成土地營養
剩下的垃圾
再利用於織夢

睡蓮

與藕同住
一起睡蓮
午夜我刻意不睡
捕捉一段妳
睡姿的美感
美化我的詩
其實
妳睡或不睡
我都喜歡
就長期藕居
與睡蓮
共織美夢

躲起來是不對的

躲進蓮藕孔洞內
是不對的
大丈夫
面對島嶼的沈淪
妖女魔男
不男不女的人妖
為害眾生
理當起而號召革命
奈何，島上眾生
都是中毒的青蛙
天下不可為
詩人躲起來

藕居沈思

藕居，能改變什麼
一樣的月光
腐敗的土壤
依然腐敗
人妖高高在上
妖女一樣當領導
風聲日緊
雨聲越來越沈重
青蛙無感
我沈思故我在
無助於世
我一再沈思

用筆革命

吾雖躲進蓮藕孔居
享受清淨
時而
依然心懷天下
痛恨那分裂民族的妖女
討厭不陰
又不陽的人妖
孔子成春秋
亂臣賊子懼
吾亦可用筆革命
筆伐島上妖魔
彰顯春秋大義

風暴又起

於蓮藕孔洞之角落
練習打坐
聞
外面黑暗風暴響起
是妖女魔男作亂
勢頭對蓮田而來
我趕緊誦念
無罣礙
無有恐怖
遠離
顛倒夢想
那風暴如一片落葉
飄落於蓮池

人妖來了

風暴過後
又有人妖來擾亂
仔細一看
原來是偽行政院妖風
那個不倫人妖
從島嶼上層
往下妖魔化
我只好誦念
一切有為法
如夢幻泡影
那妖風
化成一陣清涼
從藕孔窗口吹過

藕香

散步於蓮田
藕香
以天堂鳥的姿勢
飛過
如夢的晨霧
舞動翅膀

藕香
屬於彩色
她靜靜
拈花一笑
如夢
飛向蓮田遠端

外面有戰火

在藕孔內
聽經聞法
突然
外面有口水迅速
變洪水
到處有災難
接著砲聲隆隆
是妖女和魔男對戰
少數青蛙造反
島嶼搖搖欲墜
我躲入藕孔深處
不聞為淨

蓮池的黃昏

在蓮藕孔洞內
寫完第一百五十本書
走出藕門
欣賞蓮池的黃昏
起落的一生
如蓮的枯葉
準備轉世

暮色終將吞噬一切
有為或無為
是否都被淹沒
我向晚霞
拈一朵蓮花笑
晚風亦笑
笑得有些滄桑

一朵蓮花落下

她出身寒微
環境泥濘
卻一生保持
身心靈清淨

她走過生老病
以雪花的姿勢
迎接轉世
軀體輕輕飄落

回歸原鄉
是鄉愁的仙藥
躺在大地
等待一個母親

在藕孔內飛翔

藕孔內
是另一個平行宇宙
仰望天空
有星星嫣然一笑
你身心沈淨
往昔歲月
在眼前
悠悠、匆匆起飛
青春到老
如夢境飛過
半世紀了
尚未飛到邊界

藕孔內的一日

記下一天的流水賬
外面依然是
群魔的天下
妖女的淫水
淹沒島嶼
這些都在詩裡記下

在我的世界
藕香飄飄
魚兒鳥兒自由對話
創意也長出翅膀
只有蓮花盛開
共構一幅唯美風景

不是神話

千軍萬馬
躲進藕孔避難
不是神話
故事
寫在信史時代
場景已成經典

我的事件
只寫在詩記裡
難以言說
在藕孔內度春秋
創造傳奇
是我人生經典

聽蓮說

蓮是佛拈過的花
因此蓮能說法
也能講經
魚兒鳥兒
常聽得津津有味
其他眾生粉絲也多

我與藕同居
最有機會
聽蓮說
因是無情說法
人類之中
聽懂的粉絲不多

藕居生活

在蓮藕孔洞內生活
也不寂寞
很多朋友常來造訪
魚兒鳥兒是常客
烏龜、蜻蜓、鵪雞……
偶來聊八卦

尤其在梅雨季節
黃昏細雨時
我們享受一段
年輕的浪漫
在雨中散步
是藕居生活的意外

藕友

與藕同居
住久了
成為好朋友
我們形影不離
千山不獨行
她喜歡我煮的咖啡
我喜歡她煮的藕湯
她寡言
肉體有限
空間有限
這樣好
我愛大虛空

閒

把日子放空
讓身心
浮在半空中
晨間
繞著蓮池
找尋些年輕的夢

晚間坐在
藕孔的窗口
對月傻笑
或思索
今夜的夢境
需要什麼情節

藕孔風光

蓮藕孔洞內
是一個奇妙的世界
物理定律不適用
虛空無界
用光年也難測
四季如春
心想事成
人不受肉體限制
一切物種皆
有善無惡
與外面世界的風光
成強烈對比

藕孔窗前雨

詩人都會發呆
為捕捉一隻
靈動意象

此刻我呆坐
藕孔窗前
凝視細雨的姿體語言
它一定帶有
外面世界的訊息

雨中有霧
看不清楚未來
幸好清香依舊

花影蝶影

一隻彩蝶
戀上一朵蓮花
花影蝶影

他們儷影雙雙
跳起雙人舞
我藕孔窗口凝視
分不清是蝶是花
或是夢

一隻一隻又來一隻
此刻世界
瞬間繽紛

藕孔內外都是詩

詩存在於任何地方
藕孔內外都有詩
只差捕來一用

捕捉外面世界的詩
詩中都有火
有刀光劍影
鬼影幢幢
意象也太沈重

藕孔內的詩
身心靈清淨
意象都一派純潔

藕內最忘憂

五濁惡世那些鳥事
妖與魔的戰火
噁心的人妖
可憐的青蛙
都隔離在藕孔外
我可暫時忘憂

時間忘記我
生老病死
都暫時忘記
忘記愛恨情仇
忘記我從哪裡來
以為只是一棵忘憂草

藕內一段旅程

人生旅程難以盡述
藕內乘涼
只是臨時避難
不經意的經過多年
藕內河山
依舊嫵媚
纏綿的故事還是有
愛情仍存在
女人還是會害人
你是否被害
得看自己的修行
避難藕內
不保證沒有死亡

藕內四季

蓮藕孔內一世界
像是一塊淨土
春有百花秋有月
夏有涼風冬有雪
讓人清淨
四季好時節

藕內的天空
天天天藍
藍色不憂鬱
放眼看大地
到處一片綠油油
綠色不貪婪

一隻少水魚

躲在藕孔內乘涼
褪化成一隻魚
水日少一日

數十年繽紛
已褪色
記憶凋謝
掉落大地後
再也回不來

水又少了許多
能說的故事
不知道尚有多少

坐在藕孔門口聆聽

被一隻鳥叫醒
晨間有霧
坐在藕洞口聆聽

蓮池有動靜
露珠跳水
風聲一片叫好
蓮的裙襬
翩翩起舞

蓮池外風聲
聽起來就不乾淨
把聽覺隔離

藕孔中望太平洋

從藕孔中看世界
蓮池瞬間長大
成一座太平洋

這下可熱鬧了
片片蓮葉
壯大成
航母戰鬥群
分不清敵我

新八獸聯軍已然迫近
龍族也不是吃素的
太平洋瞬間縮成蓮池

藕孔世界無日月

自從躲進藕孔內世界
不知多久了
現今何年何月
吾也不知道
藕內日月還是有
不知它們
誰繞著誰轉
這裡的時間只有兩種
醒的
和睡的
這樣最好
日月皆無人永不老

在藕孔內禪修

長居藕孔內禪修
朋友問
怎麼個修法
我說不外
餓了就吃飯
睏了就倒頭睡大覺
寒時加衣
熱至蓮池畔吹涼風
老友一個頭兩個大
我再補充
創作、寫詩、喝茶
都是禪修啊

一池枯葉

何樣的季節
從藕孔之窗望出
一池枯葉
鳥不生蛋
蝴蝶集體搬家了
像一個無人收拾的
古戰場
這是蓮的人生吧
等待輪迴
此刻頓悟
榮與枯
原是一家人

靜觀一株蓮

穿過一方薄暮
靜觀
一株蓮
發現她
正無情說法
看啊
結跏趺坐
盤腿閉目
此刻的我
暮色中放悠光
不知悟或未悟
只是受教

藕池煙雨

其實不必
大老遠跑到江南
看煙雨
在我藕居的蓮池
四季煙雨
各有各種不同姿態
打傘的女子
收藕的婦人
遠觀
也分不清楚
天上人間

不一樣的青蛙

我對外面的青蛙
一向沒有好感
他們是被煮過的

我意外發現
藕居的蓮池裡
有不一樣的青蛙
聽他們的叫聲
就知道沒被煮過

我要重新認識
同是青蛙
也有很清醒的

第二輯　回到石器時代

回到時器時代

這座半死的島嶼
自從由一個妖女當領導
由豬接掌行政工作
其他司法等各部
全由鼠輩包辦

屬於龍族的文明
全都作廢
龍族的文化
全部清除掉
讓島嶼回到石器時代

未死的島嶼

住滿被煮半熟青蛙的島嶼
載浮載沉
漂來漂去
已呈現缺氧狀態
期待各方拯救

各方都不敢來救
有西方來救
會被罵右傾
有東方來救
會被罵左傾
島嶼未死，等著

超大型養豬場

美麗的寶島
真相是天方夜譚
實際上就是
超大型養豬場
退化成只長豬肉

這些豬
各類品種都
牠們該餵食什麼
領導階層的綠色妖魔
自會管控

綠色吸血鬼

綠色經三十年嗜血
質變成異形
又快速繁殖成
佈滿全島的
綠色吸血鬼

全島眾生
都深中綠色病毒
演化成多品種吸血鬼
現在只欠一場戰火
清除所有綠毒

沈落

被來自東方出賣
西方壓迫
南北方都絕情
內部自己人撕裂
自己人相互
捅刀
抹紅、抹黑、抹白
這個島嶼耗盡所有元氣
乾脆
以最後一點力
跳太平洋
沈落入暗黑的深淵

霧航

這是一艘
沒有方向舵的船
東碰西撞
到處被霸凌
南北漂來漂去
原來這是一艘鬼船
雖有很多乘客是人
但領導階層
非妖即魔
鬼最多
只好持續在霧中漂航

殘火

有殘火
在凱呆打爛大道上的
偽總統府
悶燒
妖女領導著眾妖魔
找尋
交配的機會
以爽的力道
燃燒叫床的殘火
提高亮度
打開國際知名度

同性交配

一座島嶼的沈淪
從同性交配開始
這是妖女的新倫理主張
所有物種的
異性交配
都是不合法且謀奪了
同性交配權
所以最高領導宣佈
一夫一妻制違法
一男一女組家庭違法
通姦除罪化
當街交配為王道

倭殘進化

才不久前的事
倭人集體逃亡
逃離一個鬼地方
回
到
倭窩
窩起來取暖
牠們在逃離鬼地方時
留下許多倭鬼殘種
倭殘在鬼地方交配
繁殖更多倭殘
如今倭殘已壯大
鬼地方進化成妖魔島

發現人類退化成青蛙

孤，經三十年研究
一再從實證經驗中
再檢證
發現
人類全都退化成青蛙
看吧！睜眼看
倭國、美帝、白種
退化得最嚴重
觀其國內一隻隻青蛙
俱被政客放於冷水鍋中
煮、煮、煮……
任由政客煮……

此生

準備要轉世了
此生做個總結

最大的憾恨
是生長在一個鬼地方
每日所見
盡是妖魔鬼

最大的驕傲
是生為龍傳人
別的不說，光土地
就一千多萬平方公里

又飢又渴

這鬼地方的每一隻青蛙
都又飢又渴
牠們餓得受不了
無從選擇
只能吃由妖女餵食的
假新聞
還有種種綠色老鼠藥
牠們也渴得
隨時想交配
也只能喝由魔鬼提供
一種叫「胎毒」
爽翻天的飲料

偷

一隻由妲己轉世來的
菜氏妖女
用陰道
偷走一個國家
這是真的嗎？
成千上萬人都看見了
都說
光天化日下
不叫偷
只是偷情
偷偷交配
沒有偷走一個國家

這些青蛙在說什麼

呱、呱、呱
牠們叫著：進聯合國
聯合國代表傳話
青蛙是什麼東西？

蛙、蛙、蛙
牠們又叫著：要正名
五常代表傳話
你們的正名就是青蛙
政客：青蛙就是青蛙
　　我們有得煮
　　有得吃

青蛙中之抗議者

這鬼地方雖然
一鍋全是青蛙
青蛙之中有勇者
抗議者
企圖衝出鍋外
奔向河流
乃至飛向天空
抗議者請求政客
掀開鍋蓋
政客說水煮熱
才能掀開鍋蓋

戰火

一種沒有熱度的戰火
燒向這個鬼地方
眾鬼開著轟趴
企圖將戰火
轟熄

群魔
在偽行政院慶功
因為戰火被口水熄滅
鬼的口水是
萬能滅火劑

一個領導的樣子

她是一個領導
領導著一座被東風和西風
拉撕的島嶼
領導二千三百萬青蛙
還是領導
她光關心美帝領導的狗
死了
自己的青蛙因病毒
死了八百隻
南部大火燒死四十六隻
她不聞不問不理
這是一個領導的樣子嗎

島嶼心淚

說實在
大家拼命罵島嶼沈淪
島嶼心淚流成江河
這不是島嶼的錯
島嶼無罪
奈何住户都退化成青蛙
而妖女和魔男
是統治者
嫁禍給島嶼
島嶼心聲淚水陳述
都是人禍

燃燒的島嶼

一座發了神經的島
終於得了精神分裂症
整年有各種火焰
不同顏色燒著
強大的綠色火焰
燒死了所有顏色
火焰又吞滅
其他物種
終於島上所有青蛙
活在烏煙瘴氣中
特准存活
被煮成失智的青蛙

島嶼哭喊：天啊救我

島之將沈
其聲也哀
全島的風聲雨聲
聽起來
一片求救聲
鳥聲獸聲妖魔聲
都在求救
有向東求
有向西求
仔細聽之：
天啊！救救我！

稻草人

一個稻草人
是母的
被立在偽總統府內
誰立了牠
當然是島上煮熟的無智青蛙
牠無意識
西方妖獸控制了牠
東洋倭鬼喜歡牠
說來也奇怪
三十年來這偽官府
盛產稻草人

明天會更好

眾生都會老死
才有機會新生
或移民西方極樂國
地球也不會太擁擠
所以明天會更好

一個島嶼沈沒了
終結所有愛恨情仇
結束對立
也不會有戰爭
明天會更好

做夢

一個會做夢的島嶼
只會做夢
不做其他
夢想成為一個大陸
才不會漂來漂去

夢想可以長出翅膀
飛上天
飛進聯合國
從細縫飛進去
一切都是做夢
死鬼，做夢有罪嗎

禽獸化的島嶼

島嶼的沈淪
人類退化成類人
全面禽獸化

在高層盡是
虎獅禿鷹和鱷魚
掌控大權
吃香喝辣

在中層處處都是
肥貓、蟑螂、鼠輩
而下層滿街狼犬

鹹濕化的土地

風光明媚的寶島
已然鹹濕
由於太鹹
得承受很多高壓
又太濕
同性同婚
以違反演化論的方法
公然交配
而異性之間
情緒失控
因為土地鹹濕化

動物標本

這島上住著
許多物種
全部都是動物標本
栩栩如生吃喝著
屬於生物本能
妖女和魔男
是這島嶼的統治者
統治所有活標本
標本任由擺放
對風聲雨聲無感
擺放之時地
依妖魔的需要

古拉格群島

福而摩剎經三十年
快速演化
變成著名國際的
古拉格群島
達爾文不相信
親自來檢視
一看，他
氣得去跳太平洋

臨死前修訂演化論
政治力可使物種
超快速變種

偽立法院內

十二生肖動物
齊聚偽立法院內
商討眾生未來
向東
或向西走

會議由一頭公豬主持
龍傳人自居的
牛虎兔龍馬羊雞
主張西進
餘由鼠輩領銜要東出
結果：打架決定方向

悼

島嶼已被判了死刑
第一判來自科學家
本世紀末前
島嶼將全部沈沒海底
第二判來自同婚政策
大家都絕種了

島嶼無解
沒救了
開一場生前追悼會吧
吐出最後一滴血後
就去跳太平洋

年輕一代已老

很詭異的現象
發生在島嶼上年輕一代
那些年輕人
都太老了
集體得了
老人痴呆症
一個個沒頭沒腦
剩下一張被餵食的嘴巴
妖魔餵食什麼
他們便吃什麼
他們好像也無足無根
無意識活著、漂著

無根的青蛙

身為一隻青蛙
已經是夠不幸了
只能活在這超大鐵鍋中
每天被煮著
餵食假新聞和毒物
真是大不幸
現在連根
也被活生生斬斷
全都成為
無根的青蛙
悲乎！慘乎！

永冬

這裡是一個奇怪的世界
許多人期待著春天
春天一直不來
想說夏天也該到了
卻依然極為酷寒
說秋亦非秋
寒中帶著殺氣
綠色以外的所有顏色
等著算賬
啊！永冬
這座島嶼處於
永久性冰河時代

鬼的事業大發展

在鬼地方
人自然是混不下去
所以人的事業
凡是講禮義廉恥的
買賣五千年文明文化的
或推銷孔孟的
全都關門大吉
鬼的事業獲得大發展
推銷綠色胎毒
可以公然交配、同性交媾
皆大受年輕一代歡迎
為國際著名之鬼地方

鬼民主政治

這鬼地方的鬼制度
到底從何而來
說來話長
聽孤道出
西方有些鬼思想家
如囉梭等
以其妖魔哲學
倡導一套鬼制度
名之曰
民主政治
從此以後鬼統治了人
包涵這個鬼地方

鬼民主選舉

在鬼民主政治的操弄下
民主選舉是一場
鬼的嘉年華會
有勢力的鬼掌控媒體
抹黑、作弊
動員百萬沒頭沒腦的鬼
看那一個個鬼王
鬼鬼祟祟　鬼話連篇
鬼蜮技倆　鬼頭鬼腦
經由數月鬼哭神號
終於選出許多鬼頭目
統治所有的人

所有的活人都是死人

這個鬼地方
人都到哪裡去了
偽總統府、偽官府內
統治階層非妖即魔
或人妖
孤等老人家已無能為力
年輕一代都沒意見嗎
非也，年輕一代
都是被煮過的青蛙
個個沒頭沒腦
像是活死人
這裡的活人都是死人

受不了現在這些青蛙

現在這些青蛙
和我語言不通
無論怎麼看
都找不到共同語言
彼此視對方
如外星人
主要的差別
是不同物種
牠們血是綠色的
沒有溫度
我的血是紅色的
四季溫熱

賊船惡夢

上了這艘賊船
誰都別想跑掉
否則
大野狼來了
誰當砲灰
偽官府裡的人妖
只負責編一則
騙死人不償命的故事
還有，船上需要苦力
你不當誰當
你說是惡夢
那是你的問題
領導負責指揮你

牠們輪流吃我們

我們按時選出
一批批人妖
來管我們
牠們上台後
用權力打開錢力
能吃盡力吃
能撈盡力撈
等牠們吃飽撈足
任期也到了
我們又選出一批
飢餓的人妖吃撈
此謂之民主

島殤

青蛙、人妖、魔鬼
奪走島的春天
島暗然神傷
得了自閉症
人妖自爽
青蛙失智
魔鬼才不管島的死活
島也迷失在霧中
本來有偉大的夢想要實現
卻先死在人妖魔鬼手上
壯志未酬身先死
島殤，夭殤啊

爲島守靈

這個島被
妖女搞成了鬼地方
又被人妖害得自閉症
魔鬼再捅一刀
成了死亡之島
島無生機
居於人道
我們為它守靈
點亮燭火
四週還是一片黑
不知島的靈魂漂向何處
可憐的島

火燒島

這個島
已經是一座火燒島
活在島上的眾生
都一肚子火
城裡城外火拼命燒
那偽官府裡的
人妖、妖女、魔鬼
因顏色衝突
處處妖火
而廣大的青蛙群眾
身處水深火熱
更是火

飢餓的青蛙

這裡的青蛙
本來很富足
有千年文明萬年文化
被稱四龍之一
後因聽信神話
妖女魔鬼以冷水煮青蛙之計
才三十年清洗
青蛙全中了胎毒
現在窮得剩下顏色
餓得想吃自己尾巴
可憐的青蛙再會吧
等王師來救

青蛙也當白老鼠

眾多半生不熟的青蛙
活在這鬼地方
任務多多
按時選出妖魔領導
還得當白老鼠
由鬼提供藥單配方
令人妖製成疫苗
先拿眾青蛙
進行「人體實驗」
實驗一再失敗
沒關係
死掉的只是白老鼠

第三輯　狼來了

狼來了

黃昏是一隻狼
天漸黑
他點燃兩盞燈
讓晚霞
感到不舒服
甚至恐懼
每個老人家都在喊
狼來了
狼來了
其實狼沒有偏心
對年輕和老者
狼，一視同仁

人生風景

人生風景線
辛苦一輩子的記錄
寫在雲端
尚未刪除的愛恨情仇
記在沙灘上
我的風景
說來是豐富的
而且長壽
在詩裡
住書宅
長長的風景線
拉長一千年

與時間拉扯

時間每天都來找我
拉著我
現在我越來越怕他
不想見他
只好躲起來
他硬拉
我就硬躲得更遠
老人就怕時間
不得已時
拿掉電池
斷他的電
看他怎麼來找我

故鄉

人老了想故鄉
偶爾回台中老家看看
祖居四川
也回去了
老一輩族長說
我們從河洛來
河洛水也去喝了一口
科學說最早
我們都是非洲肯亞人
另有新證據
我們是外星人後裔
故鄉到底在哪裡

有些人

這是什麼年代
有些人
就是三腳仔
或四足
看不出
有人的形狀
可能牠們靈魂
被狗吃了
現在人不像人
鬼不像鬼
牠們高高在上
統治著良人們

神沒說

人有時居心不良
開了一堆支票
民主政治
維護人權
都是神話
神有這麼說嗎
都是人說的
活了這一大把年紀
從未見過有誰
在政治裡當了主人
人權更別提了
看美國人
建國以來幹了什麼事？

蟾蜍山

每天坐在草堂
和蟾蜍山對望
四十年了
像情人對看
他高坐在上
照見，這世間
一切苦厄
當我心神枯萎
向他化緣
一片綠
我便聽見流泉
流向缺水的田

以後的以後

以後
再以後
一億年以後好了
還有誰在搞獨
或搞統
誰管通姦除罪化
那時
大家都是塵埃
只剩地球沒死
開始要寫遺言了
說成為塵埃後葬於
虛空

蘋果

人生一輩子
難以言説
欲望太多

花叢中裡過
不僅染了塵
還吃了
幾個蘋果
難忘的好吃

那種蘋果的味道
無論風如何吹
也不消散

慢行

現在做什麼都要慢
慢慢來
慢行、不急
足輕輕
碰觸
土地的唇
感覺土地是多麼溫柔
像年輕的時候
親吻一個女人
如此慢行
能不年輕乎？
能不快樂乎？

不婚不戀

現在年輕輩
不婚不戀
難到人類這物種
到了終站
肯定是達爾文有錯
看現在的環境
到處是毒
直接造成
公的都無精且陽萎
母的皆無卵且冷感
到底是誰在
散播毒素

時間太詭

各位同學
前途光明
語音才落
已然成為退休族

一個個準備
要當沙場戰神
如今
只是暮色裡的夢

暮色裡
你的背影
漸漸不成形
渺渺飄散

四季有雪

地球暖化
而島嶼
越來越冷

小小一個島
老天不下雪
我們自己造雪
每個政策都叫人寒
寒到骨裡

四季雪不停
島嶼成為
封閉永冬

玩賴

沒想到時代變了
最孝順的
不是兒女

是手機整天陪著老人
所有問兒女不回答的
問古哥就好
想外公、外婆
賴裡面都有

人老了就會賴
今天就賴給它
就這麼賴著

忘記很多事

那些記得的事
很多忘了
只剩少許
住在我生命裡
但每天忘一件
不久也忘光
現在的我
已經像一隻做夢的蝴蝶
不知是醒是睡

幸好所有重要的事
早被我典藏在圖書館
給下個文明生物看

存在主義問

存在主義者問
「生命的旅程就是邁向死亡
為何不現在就跳太平洋」

這確實是
賴在地球上
當個造糞的機器
或製造戰爭
增加人類苦難

問者有理
都該去跳太平洋
惟我另有使命
吐完心中的詩

秋夜

又賺到一個秋天
楓葉熱情如火
溪旁的小菊花最熱鬧

夜晚的窗外
月光徘徊著
喝一杯小酒
談心吧
秋色屬於回憶

人在微醺
長夜漫漫
感覺路還很長

解放

這輩子現在才解放
自由自在
難怪說人生退休才開始

沒了朝九晚五
也沒舞台
每天負責睡好覺
吃好飯、散散步
偶爾好友相聚

任時光悠悠
別理它
只管把自己解放

禍福難料

年輕時迷航很久
險去跳太平洋
一筆黑資料
流進人事考核表
從此成了
國安局拒絕往來户
本以為人生顏色
黑到底
誰知道突然跌落台大
以《決戰閏八月》和
《防衛大台灣》二書
換得六顆梅花

一個鬼妖被幹倒

據聞
在一個鬼地方
有個很大的鬼妖
叫陳柏惟
被幹倒了
這怎麼可能
牠是由一群科莫多龍
支持的鬼利委
吃相難看
看來這鬼地方
有非鬼的存在
否則
誰幹倒牠？

兩個同學走了

陸軍官校44期
按畢業同學錄
有五百七十人
四十年前
就有人去報到
之後年年都有移民
去天國或西方國
今年走兩個
據聞
已走了十分之一多
西方雖極樂
大家拼命在這鬼地方
躲在安全港中

她的眼神

住在這鬼地方的眾生
天天都會看到她
她竊佔了最高的位置

她的眼神
是一種超級病毒
名曰蔡氏病毒
能隔空傳播
毒殺全島眾生

她回眸一笑
就冤死八百多人
此恨綿綿無絕期

巨流河

回憶
是一條巨流河
甚至有多條
每條都比長江黃河巨大
才能容下我的往事
往事奔騰著
一直不向東流去
非要在心中
翻翻滾滾
這些往事若要一直
跟著我
只好在經過奈河橋時
全部丟下

三十年戰火

這個鬼地方
不知有多少利益
妖魔和鬼怪
點燃戰火
燒了三十年
一切都燒光燒死了
只剩人妖和貪婪
天天開轟趴
島嶼是一座大骨灰塔
最後的人妖
也半死不活
等著火化

有神和無神

一個是矛
一個是盾
經千百年實證檢驗
無數次較量
各有輸贏
贏者不常贏
輸者不常輸
未來兩造
仍將持續釋放能量
直到一方被
宣判死刑
那時人神俱無

追　尋

老人家依舊有追尋
追尋什麼
當然是最愛

與最愛談心
溪畔散步
或相約最愛咖啡館
喝一杯最愛咖啡
最愛是不死的

除非他死了
最愛必然殉葬
這是知音的追尋

老毛和老蔣

這兩位人間不姓王的
王老闆
他們走的時候
愛恨情仇
也都隨身攜帶
放不下
導致很多事
至今無解
最近老夫修書一封
《蔣毛最後的邂逅》
送往西方極樂國
請他們放下一切
一切放下

誰在敲門

有些人
是很多人
早晨散散步後
坐在客廳
與空虛對望
總覺誰在敲門

一隻孤單的影子
突然穿牆而入
他未受到驚嚇
他睡著了
被一個聲音驚醒
誰在敲門

我和他

有些人很難溝通
情理法皆無用
例如他
我和他雞同鴨講
我說東
他道西
我說一二三自由日
他講五四三同婚日
直是難纏
我決定查他的背景
終於發現
他是精神科醫師

每天種田

退休後
我過著近乎理想的生活
是中國人所說的耕讀傳家

我的田很多
放在書桌上
方方一塊塊不知多少畝地
文字是一株苗
把苗種在地裡

至今已種兩千萬苗
等於把沙漠
化成一片人生的
綠色森林

流浪狗

我們都同情
流浪狗
人生沒有方向、目標
更無歸屬
也就沒有鄉愁
有一餐
沒一頓
還經常受到霸凌
可憐啊
但我發現另一隻流浪狗
在這裡流浪了一百年
還在流浪啊

傳賴

現在傳賴問早道好
是證明自己
還在
唯一的方法
也喚醒對方
別睡了
否則你是不存在的
一聲問候
可以讓記憶醒來
也可以遺忘
把往事的因果
再重新構建

地球嚇人

我發現
地球是不是發了神經
行為越來越可怕
近來口中念念有詞
說什麼
地球第六次大滅絕
真是嚇死人
不死也嚇死
但我冷靜一想
神經病的話能聽嗎
老夫坐門口到明天
看他怎麼滅絕！

詩與迷妳裙

曾有人說
長詩是讀者的災難
而句子太長
長如繩子
會害人上吊
因此我只寫短詩
句短如迷妳裙
這樣
不製造災難
也不害人
寫詩又作功德
何樂不為？

無常

大家都在說無常
無常在哪裡？
長得什麼樣子？

其實你想想
每天茶來伸手
飯來張口
像個大老爺
這是無常的功勞

與無常相處
要忍耐
才能換取利益

我的戰役

我的上半生
拿著真刀真槍
腰掛手榴彈
指揮著
兩四洞巨砲
可惜沒機會打仗

我的下半生
只拿筆打仗
打遍島嶼所有妖魔
爆打全世界
所有邪魔歪道
爽啊！打仗

做夢

驚天動地
移山倒海
你親眼見證一個
末世意象
你逃亡於黑森林中
後有人妖追殺
動與靜
物理定律無法解釋
瞬間清醒
俱化成泡影破
了無痕跡

無軌列車

人生是一部無軌列車
全自動的
只會向前開

前進的方向大概有
不一定會經過哪些站
修理站遲早會經過
時走時停
快慢不一

通常知道起點
不知終站
進入終站自己也不知道了

貓空

在這鼠輩眾多之島
說貓空
定是騙人

肥貓多過人民
每一隻都過著帝王般生活
由人民供養著
不須捕鼠
鼠亦繁榮壯大

鼠貓聯合佔領島嶼
說貓空
騙死人不償命

第四輯 六加四

六加四

黃昏時
一條因緣路上
彭哥、信義、俊歌
基哥、台客、福成
六老共賞彩霞
茶酒話滄桑
共感老境
越來越寂寞
突然來了四朵花
愛真、昭華
素銀、莉玲
這小小的世界
好美麗

清明，向祖先報告

陳氏所有的先祖
中華民族列祖列宗們
我向你們報告

神州大地的這個島嶼
現在氣氛惡濁
光明已失
原來這裡鬼在統治
人皆昏聵

路上行人已斷魂
魔鬼滿街
你們得想想辦法

消費主義

現代行銷術太厲害
客户都被養成
一隻消費主義者

消費消費
我消費故我存在
最重要
身份地位面子
都建立在消費上

消費一切能消費的
最終我們
把地球消費掉

先行者與送行者

先行者的修行工夫
到了泰山崩於前
亦不為所動

送行者知陰陽
成為兩界代言人
建構一條通路
讓親友們
都來送行

這是一條使用最短的路
最多兩個晨辰
路就得拆掉重建

打麻將

一些老友愛打麻將
我搞不懂
把一座城池圍得不透風
有什麼好

而且四人不同心
玩個人主義
都說沒贏到錢
難到土地公贏走了

說來荒唐
自己建構一道牆
瞬間又推倒
就在這共輸中老去

夏至

日子越過越糊塗
心中無日月
要不是溪邊散步時
一群小鳥說了
我還不知道
今天就是夏至

為什麼鳥兒
知道夏至到了
因為鳥的進化與自然合體
而人與自然脫鈎
小心夏天的太陽
不穿衣又露三點

時代進步之一

現代社會最大的進步
是人身上長了刺
越進步刺越尖長

看那些刺
專用來刺人
或被刺
專家正在研究
更強大的刺

有例外不長刺的人
老夫正是
刺只長在筆尖

時代進步之二

另一個進步
是從黑白
進化到彩色世界

彩色世界
區分各種顏色
顏色與顏色之間
相互對立
沒有灰色地帶

非我顏色
其心必異
滅之而後快

往事何時了

說往事寫在沙灘上
水一沖沒了
定是騙子
說往事寫在天空
風一吹散了
定是詩人
詩人騙子一家親啊
人又不是電腦
按個刪除鍵
往事俱了了
只等你心中地球不見了
往事亦俱了

雲的轉念

孤獨的雲
天生是流浪的性格
沒有朋友
千山獨行很苦
因此只好轉念
改變方向
徐徐落下
變成水
為生命之要素
眾生需要他
他也需要眾生
雙方共贏

一朵花的轉型

身為一朵花
多麼可愛
人見人誇
大家都喜歡
花的溫柔美麗
有一天花出嫁了
她立即轉型成
調查局長兼警察局長
不久花當了媽
很快變成
無敵鐵金剛
這是花的一生

島嶼朦朧

島嶼進入朦朧時代
像朦朧詩
突然流行於官府

各種顏色的語言
都從口水氣化
炊煙裊裊
鳥朦朧
月也朦朧

我們在朦朧中航行
或漂浮
是朦朧時代的美學

出口和進口

詩的兩大來源
不外出口和進口
此外無詩

進口者
外面進來的風風雨雨
砲彈槍聲等
出口者
是你苦悶的吶喊

詩人是進出口達人
捕捉進出貨品
熬煉製成詩

想起周公

二〇一四年五月一日
周公夢蝶
向天際展翅飛去

七年了
每次讀你的詩
總覺不如看像好
詩有字障
風景好直觀

你窮得剩下詩
惟你的風景
可穿透時空

過日子的境界

這年頭過日子很簡單
不會有人餓死
你就餓了吃
累了睡

如果想有點境界
可以做做夢
勇於做夢
是讓自己強大的起點

若想站上最高境界
就成為作家或詩人
你便有權指點或建構江山
因為你昇華成朕

五馬分屍一座島

一座可憐的島
被五馬分屍
來自西方強大拉力
欲切割島的頭
東方力道無窮
欲拉住心
潛藏的鬼
更可怕
死捉腳欲沈之大洋
另一黑勢力
欲斷其根
島，無力掙脫

我在寧靜澎湃

天尚未叫累
地也未喊苦
天地運行
持續著
因而
大海依然澎湃
魚兒自強不息
原野上的紅花綠葉
大膽示愛
鳥兒照常生兒育女
我在寧靜中
心依舊澎湃

越來越笨

我發現自己
越老越笨
越來越不懂得爭取利益
無常偶爾在旁邊
突然冒火
我都沒反應
眼力沒問題
顏色卻已分不清
面對是非惡善
力不從心
我想我現在
笨，而且老糊塗

夢會趕人

夢，是什麼東西
亦惡也善
是神仙還是魔鬼

他趕著孫中山
要他去革命
又趕一群人妖
在島上做惡
所有人都被趕或拉著

我說
老先生
你現在被什麼夢趕著

風景不變

人生是一道風景
起落貧富
是不一樣的景觀
你也是別人的風景
有帝王
必有將相
走卒亦不可少
然而
當你兩腿一蹬
這世間風景
也沒什麼改變

人生之孵

我發現
人生每個階段
我孵出各種蛋蛋
除了職場上
孵出銀子
養家活口
也孵出三株苗
兩母一公
現在唯一能孵出的
是很多的作品
都是好蛋蛋

是什麼綁住你

如果你仍難以自在過活
不是被拖著
就是被困著
苦
啊
想想看
是什麼綁住你
愛恨情仇
或金銀財寶
或者是身份地位
要自由自在
只有一個辦法
一一鬆綁吧

聽無情說法

我現在聽有情說法
很不耐煩
聽不下去
千篇一律

我現在喜歡聽無情說法
山和雲在對話
鳥和樹討論蓋房子
花與葉在咬耳朵

現在這島上的有情
都有毒
聽必重毒
只有無情說法是清淨的

小圈圈

學生時代
長官一再訓示
不准搞小圈圈
但後來的數十年
大家都在搞小圈圈
甚至靠小圈圈升官發財
圈內一人得道
全員升天
都在印證進化論的正確性
放大到地球
到處是圈圈
原來人類活在圈圈裡

亡國不該痛

亡國和人死
道理同
都是自然法則之自然現象
不該有痛

東西久了自然腐壞
政權久了自然腐敗
一具身體用百年
能不壞嗎

夏商周……明清
人一代一代死了
舊的去、新的來
該慶祝、不該痛

一粒微塵是一本書

人生原本就是
許多的無字天書構成
每粒微塵都是書
只等你來完成文字化
用一片落葉
出版一本
捉一支雞毛
或蒜皮
說說功能
啊人生
微塵無限多
文章寫不盡

幼稚

十五歲時
進陸軍官校預備班十三期
就立志要當蔣公子弟兵
率大軍反攻大陸

你以為戰場
是兒童樂園嗎

你以為大海巨浪
是一條狗嗎？

兒童樂園跌倒了
媽媽會清理戰場
丟根骨頭給狗
狗跟你走

大家都想獨立

我發現
大家都想獨立
原因是大家都想當總統
我有辦法滿足大家願望

北中南分別都獨立
成三個民主國
若還不夠
二十一縣市獨立成二十一國

若仍不夠
台灣三〇九鄉鎮可獨成三〇九個國
這樣可以讓很多人當總統
文武百官就人人有份了

怎樣留住時間

大家都不要時間走太快
甚至留住時間
讓他停止
永遠不要走

直接的辦法
是把他綁起來
更狠的辦
砍斷他的腳

如果這些都還留不住他
用聲光影或許可以
再不行
你只好跟他走了

雨聲有異味

黃昏時
又聞外面有雨聲
味道很詭異
很邪
風聲傳來
有惡的心思
原來又搞民主選舉
由一些煮過的青蛙
選出很多鬼領導
在這鬼地方
幹點鬼事業
燃戰火

隔窗觀火

現在外面很亂很黑
雪和火
肆虐著島嶼
群蛙鼓噪
鬼火遍燒
眾生在雪火中掙扎
妖女魔男
公然交配
我等老人家
只能躲在蓮藕孔洞
隔窗觀火
確保身心靈清淨

我們八百壯士

我們八百壯士
只是一群年老疲憊的虎
在偽總統府前
發出沈重的低吼
露出零落的牙齒
已失戰鬥力
我們之來
只是表達身為
中國軍人的氣節
偽府內的妖女不會理我們
有邪風惡雨襲來
我等，無懼

議題

原來，一切
都只是一個議題
肥貓不是貓
禿鷹不是鷹
鼠輩不是鼠
生物學家和政客
仍在爭論
你是活人還是死人
總該無爭吧
但很多人罵藍營是死人
無論如何霸凌他
皆無反應

熱鬧的藕洞

住在藕洞
身心靈都清淨
外面蓮池也熱鬧
朋友常來訪
蝴蝶、蜻蜓、鳥兒
偶有白鵝、青蛙
這裡的青蛙有腦袋
有落葉
漫不經心漂著
或飄著
向眾生開示妙法
無住生心

練習告別

現在大家都在練習
練習獨立
——身心獨立
練習統一
——統一牛奶
想在國際上當大哥
更得練習
所以告別練習是必要的
練習停止呼吸
練習打包或不打包
練習結束一場夢
等待新的夢境

牠們不快樂

太閒了
走出藕洞
到木柵動物園
關心眾生

神奇的發現
吃美食、住豪宅
眾多僕人侍侯著的牠們
不快樂

牛、馬、鹿、象、虎……
共同的心情寫在臉上
不快樂，無期徒刑的罪犯
樂不起來

行經僞總統府

大白天經過這裡
天突然黑了
——突然
黑
以那屋頂最黑
我以為進了幽冥界
急於用視線
撥開黑霧
感覺黑白兩座山
壓向我
我急喊阿彌陀佛
瞬間霧散，回首
偽官府已沒入海洋

地球今天無事

美帝逃出阿富汗
不值一提
美英澳互抱取暖
不然太冷了
八獸聯軍來了
自有人負責
這鬼地方
人妖魔鬼橫行
菩薩會有辦法
所以今天
地球無事
也都沒我的事

生命是陣陣風聲

一個生命
是一陣風聲
訴、訴……
許多生命
是許多風聲
訴不盡
沒有起頭
亦無終結
沒有結局的風聲
你的終點
只是另一股風聲的
初始因緣

老夫看海不是海

老夫朕看海
不是海
才剛剛
這裡是青青大草原
羊兒成群
公鹿追著母鹿示愛
大草原之前
是雪山山脈
有成群的長毛象
我的筆才放下
太平洋已成沙漠
這一切是老夫瞬間所親見

與火山相處

人人談火山色變
老夫與火山相處一輩子
不變色
厲害吧

開始時
好像是死火山
偶爾動一下
後來就常噴火

幸好
只是小火山
噴一噴
釋放些能量就好了

第五輯 三少爺的劍

臺灣大學退休人員聯誼會
第十屆理監事畢業同樂會

三少爺的劍（一）

現在過日子
極簡
三餐嘛
禪悅為食
暇豫時
吟風弄月
不攀任何關係
只和幾個死黨共建
理想國
把二少爺的筆
化成三少爺的劍
斬妖除魔

三少爺的劍（二）

自從二少爺的筆
變成三少爺的劍
這把劍
就長了眼睛

他的眼神
如太陽般照見
照見群魔
格殺勿論

他冷冷的看
誰在另立乾坤
得問這把劍
是否同意

聽，那劍法

聽那劍法
速度之快
如一行詩之一意象
瞬閃
就劃下完美的句點
閃光中
傳出正義的味道
與妖獸的慘叫
是誰的劍法
必是用二少爺的筆
所煉成
三少爺的劍

三少爺賞花（一）

三少爺最有名
是劍法
他其實不太喜歡玩劍
最喜歡賞花
四季，看花
劍法也是一朵花

劍雨如花
花影翩翩
近似遠
遠似近
當一朵花最嬌媚的時候
也是最危險的時刻

三少爺賞花（二）

二〇二一年，某日
三少爺正在賞花
突然一隻蝴蝶
以極高的輕功
飛上擂台
冷冷揮出一劍

這是蝴蝶效應
三少爺瞬間頓悟
賞花也有危險
無論你是多高明的神仙
流星、蝴蝶、劍
都不可測

三少爺賞花（三）

三少爺最厲害
不是他的劍
而是他的天眼
能預知你如何出劍
接下來的結果
筆就不說了

三少爺賞花
已從一朵花看到天堂
乃至三世因果
你拈一朵花
三少爺微笑
劍法便得到傳承

三少爺賞花（四）

說三少爺賞花
即非賞花
是名賞花

如果你以為
三少爺只是在賞花
你就死定了
因為三少爺賞花
正是在練劍

但其實他也不是在練劍
因為所有劍的招式
他早已忘得一乾二淨

地瓜最後的獨白

我只是一塊地瓜
被遺棄
在海上漂泊
沒有誰會同情

大家只想瓜分利益
禿鷹來咬
西方妖獸搶食
地瓜四分五裂

千瘡百孔
求生不得求死不能
地瓜最後想說
快讓我死吧

同船的魚

我是不釣魚的
不給魚製造苦難
何況
把自己的快樂
建築在魚的痛苦
非我所願
因此許多魚說
跳上我的船
說要與我同船渡
溫暖啊
我們都是快樂的魚
同游虛空之海

我的分身

修行到一個境界
只要手上有筆
便有神通
可以分身

現在分成兩個我
一個我長出翅膀
衝天一飛
把天空撞破一個洞

沒關係
請女媧阿嬤補天就好了
我的功夫絕無虛假
以一首詩為鐵證

我化做一隻鷹

另一個我
化成一隻鷹
張開遮日的翅膀
翱翔虛空
逍遙於神州大地
一百個
天堂勝景（附件一）
歲月的呼喚
回復人形
島嶼上的我
正在等待
等待轉世

劍法和詩法

妙法兩者相同

面對敵人
一劍揮出
他沒看到劍
從何方來
就已倒下

寫一首詩
下筆如神
筆力的風暴
把一首詩吹上神壇
絕非神話

驀然回首

驀然回首
只是一陣風吹過
許多人
被吹落神壇
歲月也被帶走
半個世紀
她年輕的笑
還有他華麗的舞台
都已成為
無法織成的夢
因為都已取得一張
終極簽證

我和孔子

孔子困於
陳蔡時
心中無懼
他立刻提筆上陣
以一部春秋
嚇退亂臣賊子

如今老夫困在
一個鬼地方
何懼之有
二少爺的筆立即化成
三少爺的劍
斬妖除魔

我是誰

這真是太清楚明白的事
我是誰！
覺識在二十八重天
穿梭了千百年
我是誰！
暫時落腳在
一個鬼地方
此刻
我是一匹狼
對著一座島嶼嚎吼
鬼怪妖魔都噤聲
這就是所謂的過癮

太陽是她養的狗

這個島嶼很詭異
始終很黑
太陽都到美國拿綠卡了嗎
把光全帶走
黑暗留給島嶼
二少爺的筆
三少爺的劍
啓動聯合調查機制
原來太陽是
蔡氏妖女養的狗
她曾對孔子性騷擾
如今禁閉一座島

拔河

我們現在想盡一切辦法
拔河
時間要拔你
過一條河
你拼老命不過河
每天吃三粒仙丹
讓腳有力
早晚河邊散步
可以迷惑時間
我們和時間拔河
總是先贏後輸
有的甚至從未贏過

守護這最後江山

我們曾有很大江山
不小不大的版圖
眾人前呼後擁
聽你一聲號令

時間是什麼鬼東西
沈默的掠奪者
轉瞬間
江山盡被奪走

守護這最後小小
一片江山
是一窗
寧靜的清風明月

外星科技厲害

島嶼上一場
黑暗與光明的對決
為爭奪二〇二〇年之食肉權
贏者未來四年吃不完的酒肉

黑暗水妖
以八百多萬票空前大勝利
大家都看到
這是高科技之黑暗作弊

調查單位都被收買了
後經外星人黑科技
證實，是一場
黑暗勢力的集體作弊

這是什麼病毒

突然出現一種可怕的東西
來無影去無蹤
就使一堆人死於無明
人類科學家束手無策

不久據說由美帝散播的病毒
卻製造動亂
並甩鍋中國
以制壓中國之崛起

成為羅生門事件後
外星人啓動黑科技調查
證實美國製病毒
名曰：蔡氏肺炎

三少爺想野生

其實，三少爺
拿劍是不得已的
他更想
拿鋤頭
與大地抱在一起
把自己延伸
成一片青色草原
因為三少爺很想野生
野生不羈
像天邊一朵雲
誰想在刀口討生活

在詩路散步

這條路有原始的自然美
荒草萋萋
這樣好
沒有人的足跡
適合一首詩在此誕生
先散步暖身
陽光的熱度
正好孵蛋
詩路是一條林蔭小道
這是生詩之路
許多詩
都是在這種路上生出的

三少爺看風景

從藕孔一窗
望出一海
萬行詩般雄壯的海
許多航母
來海釣
都想釣到一隻鯨

從藕孔側窗
望見群山
各大山頭
都在打獵
用各種山地武器
企圖奪走最大一塊肉

黑瞎子島

吾國北方有黑瞎子島
不黑不瞎不大
吾國南方也有黑瞎子島
很黑很瞎很大

這南方的黑瞎子
真的是黑瞎子
從來像流浪的苦兒
明明有家歸不得

可憐這瞎子
被主人賣來賣去
如一件貨品
命運都是別人在牽引

水泥牆縫一株草

島嶼一面巨牆
裂了縫
長一株草
它生存環境艱困
而險惡
資源俱被東廠掠奪
因為這是統派的草
陽光空氣水亦受限
未來變數很大
被清除或能生長
誰也不知道
它只是縫中草

二少爺擴張戰場

絕大多數的鳥
退休後
戰場瞬間消失
二少爺是不一樣的鳥
以前拿槍
在金馬台澎把玩
現在以筆為槍
進出陰陽兩界
乃至欲界色界無色界
二十八重天
自由來去
揮灑無限大的戰場

船長鑿穿自己的船

船長不想活了
要讓一船人陪葬
他把自己的船
鑿洞
一個洞、兩個洞……
船就快沉了

乘客仍在爭論
誰去向船長抗議
要跳船或
放下救生船
女船長說她無後顧之憂
感謝大家支持和隨行

島嶼變種

自從人妖統治島嶼
權力突變
變成一隻恐龍
其他眾生都異化
變種
十二生肖
白天都成了青蛙
而且都被煮過
晚上全都變成豬
最可惜的
島上的龍種
都退化成豬

達爾文說不可能

島嶼變種
十二生肖退化成豬
最多的青蛙
被煮過後
全都成了人妖的粉絲
達爾文說不可能

事實勝於雄辯
達爾文只是滿清時代
落榜的秀才
他的話能聽嗎
叫他來島上
參觀養豬場吧

第六輯　二少爺的筆

二少爺的筆（一）

二少爺的筆只有
十八歲
依然年輕活力
鋒利無比
不輸任何名劍
二少爺的筆
讓自己昇華
讓別人頓悟
鬥不過的
只有時間
時間是最後的敵人
筆，等機會出手

二少爺的筆（二）

自從二少爺的筆
練過童子功後
又回到十八歲
這支筆
集天地之正氣
無我無人
無有無空
無法無天
就是不信邪
偏偏要和時間鬥
若我心中也無時無間
時間能奈我何！

二少爺的筆（三）

二少爺的筆
有很長一段時間扮演
三少爺的劍
在這鬼地方
斬妖除魔
與時間大鬥法
這支筆也很有悟性
有佛緣
講經說法的事略有心得
一切有為法
如夢幻泡影如露亦如電
應作如是觀

二少爺的筆（四）

二少爺的筆
雖無法無天
但很懂得謙虛
例如絕不要永恆
在永恆面前
吾，謙卑
謙卑再謙卑
無論多堅固的記憶
不久斑駁
不論多偉大的太陽
遲早熄滅
二少爺的筆
了然於心

二少爺的眼光

人越老兩眼越昏花
看待萬事萬物
越走樣
天空是我浮游的湖
海洋成了高山
我用眼睛登頂
智力衰退
也分不清大小了
宇宙是我手上玩物
二少爺的筆
筆尖就比玉山大
你說二少爺是不是老了

月亮爲島守靈

一個島死了
所有的青蛙不會辦
告別式
大家靜坐等待
等待月亮
來守靈

月亮每晚都來
就在二〇二一年
來為島嶼守靈
守久了月亮也累
希望太陽輪值
太陽始終不來

蝴蝶效應

一隻蝴蝶用翅膀
輕輕飄動
一陣風
讓一個德國機師感冒
有風
在他腦中掀浪

浪又引起乘數效應
使機師浪漫起來
把一座山
看成一片雲
帶著二百多條命撞山
抓到兇手是蝴蝶計謀

二少爺形上學

色不異空
空不異色
是二少爺的形上學
所以一筆在手
能製造統一
也能創造獨立

統獨一體
色空一家
一個是左腳
一個是右腳
左右統一 才能走路
我走故我在

現代岳飛

二少爺是現代岳飛
堅持國家主權
領土不能分裂
必須統一
不擇一切手段
包含武統
二少爺亦如此堅持
但宋高宗
又轉世來了
秦檜又復活
這仗要怎麼打
困擾二少爺多年

二少爺老了

二少爺有點年紀
坐在公園休息
呆呆的看
一群誕生不久的青蛙
今天太陽
是負責盡職的公務員
二少爺雖老
他的筆還年輕
揮灑的熱力
一樣可以熱死人

雲端

科技進步超乎想像
據聞，影電腦
無形電腦
誕生了
可以把一切都放
在雲端，包含
生老病死
愛恨情仇
全都交給雲端
甚至愛情和詩
都能隨心識變現

因緣

雲飄來飄去
總會一頭撞在山的懷裡
山也躲不開
或不想躲
乾脆送做堆

花必引來蝶
到底是誰風流
都不承認
就推給機率
說因緣最美

神魔輪流上壇主法（一）

仔細研究人類演化史
二少爺發現
宇宙第一定律
神魔輪流上壇主法
起初先有偉大的神
高坐神壇
主法一切
不久自神壇跌落
跌落速度之快
如巨石滾下山
換群魔上神壇
以神自居

神魔輪流上壇主法（二）

群魔坐上神壇後
當然要造神
啓動一系列造神運動
那些人妖
魑魅魍魎魈等
都一一上了神壇
管控十二生肖
接受膜拜
威風無比
無常引燃風暴之火
群魔紛紛跌落神壇
另一批神上壇主法

台灣大學（一）

在二少爺的生涯規劃
這裡不是驛站
什麼都不是
在老虎的眼裡
這裡甚至是頭痛的點
我們才不會到這鬼地方

因緣怪風把我吹來
才發現
魔鬼的造反聖地在此
諸神的革命基地也在
還是我頓悟的道場
島嶼有潛力的神魔在這裡

台灣大學（二）

神魔不是一開始就強大
根據二少爺研究
年輕有潛力小神魔
在這裡學習
主要功課是如何
進行造神運動
把魔變成神
人妖轉型成聖女
過街老鼠
在一夜間變聖人
這是最高學府偉大的地方

台灣大學（三）

這是一個了不起的地方
中國五千年史
未有哪塊寶地
產出這麼多魔頭
看啊
小小一個島嶼
大漢奸李登輝
大貪官陳阿扁
亡國亡黨之君馬英九
轉世妖女蔡英文
這些島嶼終結者
都從這塊寶地產出

台灣大學（四）

其實這裡
不過是五濁惡世的縮影
地球上
畢竟不是西方極樂世界
哪裡沒有妖魔鬼怪？
何處沒有牛鬼蛇神？
我心如一輪明月
這處軍訓教官終結者
終結不了我
反成我頓悟的道場
二少爺、三少爺
在此安身立命

二少爺的極簡生活

現在生活盡可能簡化
蓮藕孔洞清涼
不須冷氣
吃飯嘛
禪悅為食夠了
晚上窗前讀書
與明月談心
窗外清風徐來
翻書一頁
隨她翻
她懂二少爺的筆
寫的都是春秋大義

養豬場——今之小學課本

我們養這麼多豬
有很深的心思
強大的構想
基本上養這麼多豬
不為屠殺
才合乎人權民主
餵食什麼才是學問
一定要從小餵食
從小學課本開始餵
長大之後
很自然的這些豬
就會投票給我們

第七輯　等待轉世的日子

2015.08.11

到一個黃昏

等待轉世
等到一個黃昏
最美的是晚霞
今晚的月適合賞花
等一個人
共飲一壺酒
或許黎明
白馬就快飛過
駕馭馬的人不算太老
還能挺胸馳過
下一個黃昏
轉世的事再等等
我並不急
隨因緣而行

幻化

風雨已過
雪月不在
我不再爭雄如昔
一切有為法
終歸寂滅
列國爭霸亦滅

全都放下
時空也回到原點
宇宙回歸混沌
我化成灰燼後
未經我意識認證
俱不存在

等待轉世的日子

等待轉世的日子
人最悠閒
放下一切、一切放下
只見一些先行者
先我而去
親人、好友、死黨……

一個個走了
眾生都有所愛
愛因緣
星星愛夜晚
屍體愛棺材
我愛龍傳人

好想見佛

把等待當修行
修行不到家
悟不到禪
更不可能成佛
做夢也好
心想事成
想到這一去
定要到西天見佛
佛要普渡眾生很忙
何況我這凡夫
佛不一定會接見
沒關係可以等
再轉世再等

無怨無悔

等待轉世的日子
靜觀長江黃河水
依然東流
水勢已有幾分奈何
總的回顧這一世
無怨無悔
有過情人和仇人
該有都有
該悟也悟
最神奇是有一枝巨大的筆
豐富了歷史
寫盡愛恨情仇
喚醒龍族之天命
當我轉世的時候
這些都不帶走

之後

轉世之後
不再回頭
我知道
大家會有三天不適應
之後，清理遺物
能丟的丟
能留的留
會有一些問號
沒有密碼解不開
密碼被我藏在隨身衣袋
被一把火燒了
考古學家會去挖出來
公告天下

再看一眼江南煙雨

人生一輩子
總有最難忘的事
最值得懷念
是江南煙雨一段情
與可愛的情人
打一支小傘
沐浴愛的煙雨中
短暫傳奇的愛
足以穿透時空
懷念到下輩子
我倆相約
轉世到江南
沐一樣的煙雨
浴一樣的情愛

等船

在火中誕生
出生就聽到槍砲聲
如夢一瞬
一片落葉準備著
天命已了
就緩緩飄落
不驚動草叢中
尋愛的蝴蝶
地球所有發出的雜音
如殘陽遠去
我在寂靜中等船
好渡彼岸

詩人的眼睛

古來詩人
就是不同的眾生
演化論無解
從詩人的眼睛看出
什麼都是詩
包括死亡
死而不亡
因為有詩的加持
李白死了嗎？
杜甫死了嗎？
我現在還常碰到他倆
生死如詩
詩人用眼睛說

風雨都寂靜了

一個人坐在青草地
慢慢想一些事
往事如煙飄來散去
如夢斷斷續續
淡淡青草香
有些風雨仍在心中
顯得沈重
且力不從心
難以圓滿
現在憂傷已飄散
風雨都寂靜了
只有今晚的明月
與我共享寧靜

當一切都輕時

本來有幾十公斤
只剩幾十克
一切都輕了
輕如影子
可以隨風飄起
好又方便

當一切都輕時
駕風乘雲
游走神州山河
不坐飛機或高鐵
從心所欲
隨風飄向暮色

總結

總結一下這些年
到底幹了什麼
不外寫些風聲雨聲
雖寫了很多
差別只是聲音大小
如今回顧
什麼春秋大業
都成回憶裡
連接不上的蛛絲馬跡
這些年來許多風雨
已悄悄消失
總結剩下一張舊躺椅
還有眼前一片紅霞

流通三世的河

你是一條很不乖的河
不論你幾歲了
流過千百萬年的歷史長河
仍和小時一樣頑皮
長大又愛造反
無論如何總是母親
你養育龍族成長壯大
我的前世、今生和來世
都見證你為母則強
你是流通三世的河
從遠古
到現在奮然前行
正是龍族生生不息的象徵

走過鄉間小路

人老了
都在等待什麼
我在等一艘無底船
船未到
先到鄉間走走
似乎都是一些老路了
我悠然慢走
哼著小曲
把自己交給同行的輕風
隨風而行
風中竟沒有一點塵埃
原來我踏上了淨土

喝醉了

春秋大業都完成
給生命一個交待
要好好喝酒
以示慶祝
乘著轉世的等待
相約好友喝酒好
這晚和死黨
差一點醉倒天下
這個天下自古以來
像個醉漢
天天醉得東倒西歪
只有我沒醉

以熄滅探索生命

一盞燈點了這麼久
照耀幾十年
該休息了
以黑暗鼓舞世人
追求光明
現在緩緩熄滅
終於一團黑
吞食生命
生命發出最大迴響
啓動生生不息的機制
從轉世的窗口
找到新生命的出路
這是熄滅最大的意義

歲月如華

在每個季節
歲月如華
在胸前開放
不久凋零
隔著白霧般的歲月
感覺歲月如華的笑

只有茶和酒兩種味
可以詮釋歲月
詮釋你的笑意
大多時候
酒適合我
伴我捕住風聲的好友

當我老了

當我老了
就做遷徙的準備
只不過遷徙
那樣簡單
換套衣服
有點新鮮感

到淨土隱居
聽晨鐘暮鼓
半夜若月光來敲門
便備好酒
邀李白來共醉
直到月色也告別

等到春天

原本只是等待轉世
等到一個春天
真是撿到的
春天可熱鬧
看出去
滿山遍野是阿花
我的眼神
縱身一躍
佔個好位置賞花
溫潤的春水漾在心頭
春天真好
就再等一個春天吧

準備渡河

人生像一陣古怪的風
很難定於一說
無法詮釋
突然就把人吹到這岸邊
向下看
河水容顏不像長江黃河
遠處有一老者
渡著船過來
兩側樹林傳來歌聲
聽似迎賓曲
我向老者招手
他說你是下班船客人

走到一個渡口

經過許多大道小路
叢林羊腸
走的辛苦
收穫也多
現在走到這渡口
微風牽起情思
小坐片刻
一個回眸將一生
劃下一個句點
等著渡到彼岸
修行千年
再等因緣來接引

風花雪月

這輩子風花雪月
被我玩得神昏顛倒
淋漓酣暢
真是夠本了
所有一切吹起的風
盡被我捕入詩裡
有過最激情的花
清淡幽香的也擁入懷
偶有一些無名雪
很快被剷除
月是我三世的死黨
人生是一場
風花雪月進行曲

寫詩像做愛

寫了一輩子詩
歸結一個方法論
寫詩像做愛
捕捉靈感
是擁在懷裡的花
靈感一閃
高潮從筆管射向稿紙
爽啊！極品創作
需要好因緣的配合
完成了一件好作品
小喝一杯酒
這是詩人的浪漫

鏡花水月

說這輩子幹了多少件
春秋大業
都給歷史典藏
可當地球第六次大滅絕
過後，歷史在否？
往事成一堆影子
在他鄉和故鄉間游走
這一切有為法
竟如夢幻泡影
最後一刻想抓住花或月
都隱入鏡中水裡
彎腰撈起的是空無

如果

據說，一切有為法
乃至無為法
都是無常
那我為什麼在這裡等
萬一無船可渡
我是不是永不轉世
除非能自渡
或等到船了
不一定能到彼岸
萬一中間有異樣風景
所以無論渡或不渡
都渡向假設

無所住

房產地產早已不在名下
當一個最尊貴的
無產階級
哪裡都不想住了
如風無所住真好
還要進一步
不住愛恨情仇
不住酸甜苦辣
不住於色
就在這裡等一艘無底船
船上吹千孔笛的人
相約要永住西方

我不入地獄，誰入地獄？（一）

人身難得
本應為善
但人有七情六欲
一袋愛恨情仇
又有滿腹國仇家恨
民族大義衝天
戰爭哪有不死人
我一生有個天命
在喚醒龍族之天命
消滅倭人
令其亡種亡族亡國
這要死多少人？

我不入地獄，誰入地獄？（二）

要死多少人。
廿一世紀龍傳人有個天命
以核武消滅倭國
這是公平還債
合乎人權、公義
相較於倭人啓動
「第一次亡華之戰」
「第二次亡華之戰」
「第三次亡華之戰」
死傷千萬億
今倭國總人口抵債
剛剛好，合因果
可能還不夠

我不入地獄，誰入地獄？（三）

這是我的主張
在所有著作中大力宣揚
中國人要實踐這個天命
為亞洲、為全人類
為男人、為女人
完成天命
我是大壞蛋嗎？
如果有罪我承擔
為救中華民族
我不入地獄，誰入地獄？
到地獄謁見地藏菩薩
問道因果是否妄言？
倭國至今為何未亡？

逝與迴

滾滾長江水東流
像烈士赴義不止息
去了就逝
絕無再回
萬事都有終點
萬物必在歸宿裡安息

水到大海找到家
正想睡個好覺
天上熱氣來敲門
說要重複玩遊戲
只好再回長江水東流
萬法都在輪迴永不息

等待

以前的人
活到老做到老
老做到死
現在的人
很早就開始等
不知道在等什麼
等待轉世吧
幸好我在等待時
有一枝勤勞的筆伴我
我們是一輩子的鐵桿
她陪我轉世
我得謝她

所看到的

我看到的大海
不是大海
正在說法的仁者
我看到的山河
不是山河
正在講經的僧人
我聽懂他們的語言
他們講生和死
或二者都不是
這是我所看到的
你看到什麼
接引的船到了

附件

神之州絕美勝景簡介

①珠穆朗瑪峰　全球最高　萬山之聖山

位置：神之州與尼泊爾交界，海拔：八八四四米。

②貢嘎山　蜀山之王　海拔：七五五六米。

位置：四川省甘孜藏族自治州瀘定、康定、九龍三縣境內。一萬餘平方千米。

③博格達峰　天山明珠　海拔：五四四五米。

天山山脈東，新疆昌吉州境內。

④梅里雪山　雪山太子

在雲南省德欽縣東北，三江（金沙江、瀾滄江、怒江）並流地區。

⑤泰山　五岳之首　天下第一山

位於山東省中部，古稱：岱山、岱岳、岱宗、泰岳。從秦始皇開始，有七十二位帝王到泰山舉行封禪祭典大禮，乃我龍族精神文化象徵。

⑥華山　天下第一奇險山　海拔：二二〇〇米。

位置：陝西省華陰縣境內，陝、晉、豫黃河金三角交匯處。

⑦峨眉山　佛教四大名山之一　海拔：三〇九九米。
在四川盆地內，佛家稱「銀色世界」。

⑧五台山　佛教四大名山之一（另三：峨眉山、九華山、普陀山）。文殊菩薩的道場。
位置：山西省五台縣，面積約三百平方千米。

⑨黃山　五岳歸來不看山，黃山歸來不看岳
在安徽省南部，主要山峰有：天都峰、蓮花峰、光明頂，海拔都在一千八百多米。

⑩武夷山　華東大陸屋脊
在福建省西北部，有三十六奇峰、三十三秀水。

⑪廬山　海拔：一四七四米。
在江西省九江市，龍族文明發源處之一。

⑫長白山天池　天池水面海拔：二一八九米。
在吉林省東南，三江（松花江、鴨綠江、圖門江）之源，龍族生態自然保護區。

⑬天山天池　湖面海拔：一九八〇米。
在新彊省阜康縣，古稱西王母的「瑤池」。

⑭納木錯　湖面海拔：四七一八米。

在西藏當雄和班戈縣境內，龍族第二大鹹水湖，世界最高鹹水湖。面積：一九二〇多平方千米。

⑮ 青海湖　龍族最大內陸湖　海拔：三一九六米。
位於青藏高原，面積：四五〇〇平方千米。

⑯ 喀納斯湖　湖面海拔：一三七〇米。
在新疆布爾津縣北，面積：四十五平方千米。

⑰ 西湖　龍族浪漫唯美，故事最多的湖。
在浙江杭州，面積：六〇平方千米。

⑱ 茶卡鹽湖　湖面海拔：三〇五九米。
在青海省，面積：一〇五平方千米。

⑲ 肇慶星湖　由七星岩、鼎湖山兩大景區
位在廣東肇慶市，為世界自然保護區。

⑳ 洱海　湖面海拔：一九〇〇米。
雲南省北起洱源縣，南到大理市。湖面積：二五一平方千米。有三島四洲五湖九曲自然勝景。

㉑ 漓江　典型的中國水墨畫　美景如夢如幻
在廣西桂林，壯族自治區東北部，全長一六〇千米，譽為世上最美的河流。

㉒ 塔里木河　神州第一大內陸河

在新疆塔里木盆地，長二一七九千米。

㉓三江並流　（怒江、瀾滄江、金沙江合流處）

雲南省西北部，全區約四萬平方千米，為地球最後淨土。

㉔德天瀑布　大自然的山水畫廊

在廣西大新縣碩龍鄉德天村，亞洲第一大瀑布。

㉕黃果樹瀑布　神州第一瀑

在貴州省鎮寧、關嶺兩縣境內。

㉖壺口瀑布　神州第二大瀑布

在山西省吉縣城，黃河壺口瀑布。

㉗黃土高原　海拔平均一——二千米。

位於神州中部偏北，跨越七省區，太行山以西、青海日月山以東、秦嶺以北、

長城以南廣大地區。總面積約六十四萬平方千米。

㉘五彩灣　有五彩城、火燒山、化石溝三大景區。

在新疆省吉木薩爾縣北，大自然抽象畫廊。

㉙小寨天坑　天下第一坑　屬喀斯特地貌

位於重慶市奉節縣荊竹鄉小寨村。深六六六米，坑口直徑六二二米，坑底直徑

五二二米。

㉚織金洞　織金天宮　龍族地下童話世界

在貴州省織金縣東北，神州地下藝術宮殿。總長十二千米，總面積七十多萬平方米。

㉛ 香格里拉　《消失的地平線》所述永恆寧靜之地

在雲南省西北的迪慶，藏語是「吉祥如意的地方」。二〇〇一年，迪慶已改名香格里拉縣。

㉜ 石林　與北京故宮、西安兵馬俑、桂林山水，為神州四大旅遊勝景。

在雲南省石林彝族自治縣內，譽稱「天下第一奇觀」，亦是喀斯特地貌。

㉝ 武陵源（張家界、天子山、索溪峪、楊家界）

位於湖南省武陵山脈中，面積約三七〇平方千米，大自然的人間仙境。

㉞ 九寨溝　海拔：二千到四千三百米。

在四川省阿壩藏族羌族自治州，美麗如童話世界，神州自然林保護區。

㉟ 稻城　也是傳說中的香格里拉

位於四川省甘孜藏族自治州南部，總面積：七三〇〇平方千米。

㊱ 黃龍　自然形成的金色巨龍

位在四川省松潘縣境內，有「人間瑤池、中國一絕」之美稱，神州現代冰川保護區，大熊貓棲息地。

㊲ 塔克拉瑪干沙漠　世界第二大沙漠

在塔里木盆地中心，總面積約三十四平方千米。維吾爾語是「進去出不來」，亦叫「死亡之海」，有「三千歲胡楊樹」，即「出生後千年不死、死後千年不倒、倒後千年不腐爛」。

㊳將軍戈壁（魔鬼城、硅化木、恐龍溝、石錢灘）

在準噶爾盆地東部，面積約一千平方千米。得名於吾龍族唐代有一將軍率兵在此與西突厥人決戰，境內有一將軍廟（已倒塌），地名得以流傳。

㊴火焰山　《西遊記》中困住唐僧一行之地

在新疆吐魯番盆地北部，神州最熱的地方，海拔五百米，地面最高溫達七十度C以上。

㊵羅布泊　樓蘭古國和樓蘭姑娘在此

在新疆若羌縣東北，東接敦煌，西連塔克拉瑪干沙漠，古絲路必經之地。面積約二四〇〇平方千米。

㊶烏爾禾魔鬼城　大自然建造的城

在新疆克拉瑪依市烏爾河區，《臥虎藏龍》、《英雄》在此拍片。

㊷阿里　千山之巔、萬山之源、西藏的西藏

在青藏高原北部羌塘高原核心地帶，世界屋脊之屋脊，佛教之「世界中心」。

㊸鳴沙山　敦煌盛景、月牙泉，塞外風光第一絕

在甘肅敦煌市西南，沙鳴沙歌，大自然的神曲，「鳴沙山怡性，月牙泉洗心」。

㊹雅魯藏布江大峽谷　世界第一大峽谷

在西藏東南，平均海拔三千米以上，侵蝕下切五千三百米，世上最高最長大峽谷。

㊺長江三峽（瞿塘峽、巫峽、西陵峽）

總長約一九二千米，三里一灣、五里一灘，名勝古蹟和自然美景無數。

㊻怒江大峽谷　世界第三大峽谷

在中緬邊境，峽谷兩岸平均海拔三千米以上。這裡生活著十多種龍族：傈僳、怒、獨龍、白、漢、普米、納西、藏、彝、傣、景頗各民族。

㊼祁連山草原　北方最豐美的草原

青海和甘肅省交界處，面積約二一〇〇平方千米。

㊽壩上草原　秋天五彩最美：草原、湖泊、山川、峽谷和藍天白雲。

在河北豐寧滿族自治縣，面積三五〇平方千米。

㊾呼倫貝爾草原　綠色淨土

在內蒙古東北、大興安嶺以西，總面積約九萬多平方千米。「千里草原鋪翡翠」，北方民族成長的搖籃。

㊿天涯海角　古代罪人流放地

海南三亞市，現在是世界最美的椰影、陽光、沙灘、海浪，世界選美聖地。

(51)南海　龍族的內湖游泳池。

龍族正在大力建設，增強戰力，美帝和邪國西方國正要啟動「新八國聯軍」，入侵龍族領地。

(52) 鼓浪嶼　福建廈門市思明區一小島

曾是十三個西方帝國的殖民地，留下許多「國恥」，成為今之「萬國建築博覽館」。

(53) 亞龍灣　東方夏威夷　天下第一灣

在海南省南部，「三亞歸來不看海，除卻亞龍不是灣」，是世界級旅遊勝景聖地。

(54) 東寨港　神州最大紅樹林保護區

在海南省瓊山，面積四十平方千米。區內紅樹有十科十八種。（全世界有二十四科八十二種）

(55) 香港　可憐被邪惡西方帝國殖民百餘年

至今仍不知自己是「龍的傳人」，《國安法》執行後會有立竿見影成效。

(56) 平遙古城　神州保存最好的古代縣城

在山西省中部，面積約三平方千米，始建於周宣王時期，至今有三千年了。

(57) 鳳凰古城　湘西明珠

湖南土家族苗族自治州鳳凰縣，面積約六平方千米。

沈從文西著《邊城》的世界，真善美之淨土。

(58) 麗江古城　高原姑穌、東方威尼斯

在雲南省麗江縣，面積約四平方千米。

㊾皖南古村落　東方文化縮影　古代建築博物館
在安徽省黃山市，為世界文化遺產，《臥虎藏龍》在此取景甚多。譽稱「中國畫裡的鄉村」。

㊿福建土樓　軍民雙用的城堡建築
在福建、廣東、江西三省交界，盛譽「世界民居建築奇葩」。也是一千多年來，客家遷居的建築文明。

(61)開平碉樓　源自明朝末年，中西合璧建築
在廣東省開平市，軍民雙用，集體防衛建築。

(62)烏鎮　江南古鎮中俱特色風采
在浙江省桐鄉市，面積約七十二平方千米。建鎮始於唐代，但六千年前已有龍族先祖在此定居。

(63)屯溪老街　宋代建築　明清街道風采
在安徽黃山市，有「活動著的清明上河圖」美譽，老街也叫「宋城」，全長八三二米。

(64)周庄　中國第一水鄉
在江蘇省昆山市，小橋、流水、人家的人間仙境。

(65)萬里長城　永恆駐守神州的巨龍
東起遼寧省，西到甘肅省，全長約七千多千米，中間經過九個省。

(66) 北京故宮　世界規模最大而完整的古代宮殿

面積約七平方千米，原名「紫禁城」，始建於明永樂年間。明、清兩代二十四位皇帝，在此登基繼位，其宮內寶物很多在地瓜島故宮，遲早要回歸。

(67) 天壇　神州現存最大壇廟建築群

在北京崇文區西南，明清皇帝祭天聖地，總面積二十七平方千米，始建於明嘉靖時。

(68) 布達拉宮　世界十大土木石經典建築之一

在西藏拉薩市西北郊區，為藏族古建築藝術寶庫，始建於公元六世紀，歷代再擴建。也是地球上海拔最高的大型古建築，西藏政教中心。

(69) 承德避暑山莊及周圍廟宇

在河北省承德市，又叫：承德離宮或熱河行宮，是滿清第二政治中心，龍族建築文化之寶庫，世界重要文化遺產。

(70) 孔廟、孔府、孔林　衍聖公府

孔子死後一年，周敬王四十二年（前四七八年），魯哀公下令祭祀孔子，把孔子住屋當廟宇。二千五百年來擴建到現在的規模，儒家思想成為「正統中國」證據。

(71) 武當山古建築群　龍族第一大道教名山

在湖北省丹江口市，元、明、清三代建築藝術經典，在「天下第一仙山」之說。

⑫雲岡石窟　曠世無雙的佛教思想和藝術體現

在山西大同市西郊，洞窟數量二百五十二座，始建於北魏，有一千五百年歷史了。

⑬龍門石窟　龍族三大石窟之一

始建於北魏，在河南洛陽南郊伊河岸邊，全長一千多米，佛教文明文化寶庫。

⑭大足石刻　儒、佛、道三家集一體

始建唐代，在重慶大足縣，佛像五萬多座。

⑮蘇州園林　江南園林甲天下　蘇州園林甲江南

在江蘇省蘇州市，最早是春秋時代吳王園囿，此後歷代有修建，已二千多年歷史。體現龍族古典園林設計的理想品質，彰顯中華文明文化的意象美。

⑯頤和園　龍族古典園林　西方邪惡帝國大搶劫

園中寶物現仍在英美法德等博物館，何時能回歸？

⑰明清皇家陵墓　江蘇、湖北、河北、遼寧都有

主要：明顯陵、清東陵、清西陵、明十三陵、明孝陵、清福陵、昭陵、永陵等。

⑱都江堰　秦昭王時李冰任蜀郡第四任太守修建，至今完好，有「鎮川之寶」美譽，永久解決了岷江水患的問題，這是世界水利工程的明珠。

⑲坎兒井　龍族的「地下長城」

在新疆吐魯番，是神州第三大歷史工程，也有二千多年歷史了。

⑳ 京杭大運河　春秋時代吳王夫差始建
南起浙江杭州，北到北京通州北關。貫通南北六省市，連接錢塘江、長江、淮河、黃河、海河五大水系，有助神州維持大一統局面。

㉑ 元陽梯田　從海拔一百多到二千多
在雲南元陽縣，面積：一一三平方千米。由低海拔到高海拔分布各民族居住生活，傣族、壯族、彝族、哈尼族、苗族、瑤族，漢族住城鎮或公路沿線。

㉒ 大興安嶺　金雞冠上的綠寶石
在內蒙和黑龍江北部，是神州林業資源寶庫，北方民族成長發源地。

㉓ 神農架　華中屋脊
在湖北、陝西、四川三省交界，神州東部最大原始林和國家自然保護區，神農炎帝曾在這裡嘗百草。

㉔ 西雙版納　植物、動物、藥材三大王國
在雲南西南部，傣族是此區主要民族，另有漢、瑤、哈尼等十三個族。

㉕ 四姑娘山　東方阿爾卑斯山、蜀山皇后
在四川西部小金、汶川兩縣間，國家生態保護區，宛如一派秀美的南歐風光。

㉖ 梵淨山　梵天淨土　佛光普照

㉗ 扎龍　鶴類保護區
在貴州省江口、松桃、印江三縣交界，總面積：五六七平方千米。

在黑龍江省齊齊哈爾市，面積：二一〇〇平方千米。「鶴的故鄉」，神州生態保護區。

⑱ 臥龍 熊貓基地

在四川省汶川縣，總面積：七千平方千米。

位於神州邊陲之地瓜島也有不少勝景，如阿里山、日月潭、太魯閣、野柳……及玉山、雪山、大霸、嘉明湖等，亦吾龍族寶地，簡介從略。

陳福成著作全編總目

㊶為中華民族的生存發展進百書疏
㊷金秋六人行
㊸漸凍勇士陳宏

捌、小說、翻譯小說

㊹迷情・奇謀・輪迴、
㊺愛倫坡恐怖推理小說

玖、散文、論文、雜記、詩遊記、人生小品

㊻一個軍校生的台大閒情
㊼古道・秋風・瘦筆
㊽頓悟學習
㊾春秋正義
㊿公主與王子的夢幻、
(51)洄游的鮭魚
(52)男人和女人的情話真話
(53)台灣邊陲之美
(54)最自在的彩霞
(55)梁又平事件後

拾、回憶錄體

(56)五十不惑
(57)我的革命檔案
(58)台大教官興衰錄
(59)迷航記、
(60)最後一代書寫的身影
(61)我這輩子幹了什麼好事
(62)那些年我們是這樣寫情書的
(63)那些年我們是這樣談戀愛的
(64)台灣大學退休人員聯誼會第九屆理事長記實

拾壹、兵學、戰爭

(65)孫子實戰經驗研究
(66)第四波戰爭開山鼻祖賓拉登

拾貳、政治研究

(67)政治學方法論概說
(68)西洋政治思想史概述
(69)中國全民民主統一會北京行
(70)尋找理想國：中國式民主政治研究要綱

拾參、中國命運、喚醒國魂

(71)大浩劫後：日本 311 天譴說
日本問題的終極處理
(72)台大逸仙學會

拾肆、地方誌、地區研究

(73)台北公館台大地區考古・導覽
(74)台中開發史
(75)台北的前世今生
(76)台北公館地區開發史

拾伍、其他

(77)英文單字研究
(78)與君賞玩天地寬（文友評論）
(79)非常傳銷學
(80)新領導與管理實務

2015 年 9 月後新著

編號	書名	出版社	出版時間	定價	字數（萬）	內容性質
81	一隻菜鳥的學佛初認識	文史哲	2015.09	460	12	學佛心得
82	海青青的天空	文史哲	2015.09	250	6	現代詩評
83	為播詩種與莊雲惠詩作初探	文史哲	2015.11	280	5	童詩、現代詩評
84	世界洪門歷史文化協會論壇	文史哲	2016.01	280	6	洪門活動紀錄
85	三搞統一：解剖共產黨、國民黨、民進黨怎樣搞統一	文史哲	2016.03	420	13	政治、統一
86	緣來艱辛非尋常－賞讀范揚松仿古體詩稿	文史哲	2016.04	400	9	詩、文學
87	大兵法家范蠡研究－商聖財神陶朱公傳奇	文史哲	2016.06	280	8	范蠡研究
88	典藏斷滅的文明：最後一代書寫身影的告別紀念	文史哲	2016.08	450	8	各種手稿
89	葉莎現代詩研究欣賞：靈山一朵花的美感	文史哲	2016.08	220	6	現代詩評
90	臺灣大學退休人員聯誼會第十屆理事長實記暨 2015～2016 重要事件簿	文史哲	2016.04	400	8	日記
91	我與當代中國大學圖書館的因緣	文史哲	2017.04	300	5	紀念狀
92	廣西參訪遊記（編著）	文史哲	2016.10	300	6	詩、遊記
93	中國鄉土詩人金土作品研究	文史哲	2017.12	420	11	文學研究
94	暇豫翻翻《揚子江》詩刊：蟾蜍山麓讀書瑣記	文史哲	2018.02	320	7	文學研究
95	我讀上海《海上詩刊》：中國歷史園林豫園詩話瑣記	文史哲	2018.03	320	6	文學研究
96	天帝教第二人間使命：上帝加持中國統一之努力	文史哲	2018.03	460	13	宗教
97	范蠡致富研究與學習：商聖財神之實務與操作	文史哲	2018.06	280	8	文學研究
98	光陰簡史：我的影像回憶錄現代詩集	文史哲	2018.07	360	6	詩、文學
99	光陰考古學：失落圖像考古現代詩集	文史哲	2018.08	460	7	詩、文學
100	鄭雅文現代詩之佛法衍繹	文史哲	2018.08	240	6	文學研究
101	林錫嘉現代詩賞析	文史哲	2018.08	420	10	文學研究
102	現代田園詩人許其正作品研析	文史哲	2018.08	520	12	文學研究
103	莫渝現代詩賞析	文史哲	2018.08	320	7	文學研究
104	陳寧貴現代詩研究	文史哲	2018.08	380	9	文學研究
105	曾美霞現代詩研析	文史哲	2018.08	360	7	文學研究
106	劉正偉現代詩賞析	文史哲	2018.08	400	9	文學研究
107	陳福成著作述評：他的寫作人生	文史哲	2018.08	420	9	文學研究
108	舉起文化使命的火把：彭正雄出版及交流一甲子	文史哲	2018.08	480	9	文學研究

109	我讀北京《黃埔》雜誌的筆記	文史哲	2018.10	400	9	文學研究
110	北京天津廊坊參訪紀實	文史哲	2019.12	420	8	遊記
111	觀自在綠蒂詩話：無住生詩的漂泊詩人	文史哲	2019.12	420	14	文學研究
112	中國詩歌墾拓者海青青：《牡丹園》和《中原歌壇》	文史哲	2020.06	580	6	詩、文學
113	走過這一世的證據：影像回顧現代詩集	文史哲	2020.06	580	6	詩、文學
114	這一是我們同路的證據：影像回顧現代詩題集	文史哲	2020.06	540	6	詩、文學
115	感動世界：感動三界故事詩集	文史哲	2020.06	360	4	詩、文學
116	印加最後的獨白：蟾蜍山萬盛草齋詩稿	文史哲	2020.06	400	5	詩、文學
117	台大遺境：失落圖像現代詩題集	文史哲	2020.09	580	6	詩、文學
118	中國鄉土詩人金土作品研究反響選集	文史哲	2020.10	360	4	詩、文學
119	夢幻泡影：金剛人生現代詩經	文史哲	2020.11	580	6	詩、文學
120	范蠡完勝三十六計：智謀之理論與全方位實務操作	文史哲	2020.11	880	39	戰略研究
121	我與當代中國大學圖書館的因緣（三）	文史哲	2021.01	580	6	詩、文學
122	這一世我們乘佛法行過神州大地：生身中國人的難得與光榮史詩	文史哲	2021.03	580	6	詩、文學
123	地瓜最後的獨白：陳福成長詩集	文史哲	2021.05	240	3	詩、文學
124	甘薯史記：陳福成超時空傳奇長詩劇	文史哲	2021.07	320	3	詩、文學
125	這一世只做好一件事：為中華民族留下一筆文化公共財	文史哲	2021.09	380	6	人生記事
126	龍族魂：陳福成籲天錄詩集	文史哲	2021.09	380	6	詩、文學
127	歷史與真相	文史哲	2021.09	320	6	歷史反省
128	蔣毛最後的邂逅：陳福成中方夜譚春秋	文史哲	2021.10	300	6	科幻小說

陳福成國防通識課程著編及其他作品

（各級學校教科書及其他）

編號	書　　　　名	出版社	教育部審定
1	國家安全概論（大學院校用）	幼　獅	民國 86 年
2	國家安全概述（高中職、專科用）	幼　獅	民國 86 年
3	國家安全概論（台灣大學專用書）	台　大	（臺大不送審）
4	軍事研究（大專院校用）（註一）	全　華	民國 95 年
5	國防通識（第一冊、高中學生用）（註二）	龍　騰	民國 94 年課程要綱
6	國防通識（第二冊、高中學生用）	龍　騰	同
7	國防通識（第三冊、高中學生用）	龍　騰	同
8	國防通識（第四冊、高中學生用）	龍　騰	同
9	國防通識（第一冊、教師專用）	龍　騰	同
10	國防通識（第二冊、教師專用）	龍　騰	同
11	國防通識（第三冊、教師專用）	龍　騰	同
12	國防通識（第四冊、教師專用）	龍　騰	同

註一　羅慶生、許競任、廖德智、秦昱華、陳福成合著，《軍事戰史》（臺北：全華圖書股份有限公司，二〇〇八年）。

註二　《國防通識》，學生課本四冊，教師專用四冊。由陳福成、李文師、李景素、項臺民、陳國慶合著，陳福成也負責擔任主編。八冊全由龍騰文化事業股份有限公司出版。